国家出版基金项目
NATIONAL PUBLICATION FOUNDATION

记住乡愁

——留给孩子们的中国民俗文化

刘魁立◎主编

第六辑 口头传统辑（二）

本辑主编 杨利慧

尧舜传说

张成福◎著

北 黑龙江少年儿童出版社

编委会

序

亲爱的小读者们，身为中国人，你们了解中华民族的民俗文化吗？如果有所了解的话，你们又了解多少呢？

或许，你们认为熟知那些过去的事情是大人们的事，我们小孩儿不容易弄懂，也没必要弄懂那些事情。

其实，传统民俗文化的内涵极为丰富，它既不神秘也不深奥，与每个人的关系十分密切，它随时随地围绕在我们身边，贯穿于整个人生的每一天。

中华民族有很多传统节日，每逢节日都有一些传统民俗文化活动，比如端午节吃粽子，听大人们讲屈原为国为民愤投汨罗江的故事；八月中秋望着圆圆的明月，遐想嫦娥奔月、吴刚伐桂的传说，等等。

我国是一个统一的多民族国家，有 56 个民族，每个民族都有丰富多彩的文化和风俗习惯，这些不同民族的民俗文化共同构筑了中国民俗文化。或许你们听说过藏族长篇史诗《格萨尔王传》

中格萨尔王的英雄气概、蒙古族智慧的化身——巴拉根仓的机智与诙谐、维吾尔族世界闻名的智者——阿凡提的睿智与幽默、壮族歌仙刘三姐的聪慧机敏与歌如泉涌……如果这些你们都有所了解，那就说明你们已经走进了中华民族传统民俗文化的王国。

你们也许看过京剧、木偶戏、皮影戏，看过踩高跷、耍龙灯，欣赏过威风锣鼓，这些都是我们中华民族为世界贡献的艺术珍品。你们或许也欣赏过中国古琴演奏，那是中华文化中的瑰宝。1977年9月5日美国发射的"旅行者1号"探测器上所载的向外太空传达人类声音的金光盘上面，就录制了我国古琴大师管平湖演奏的中国古琴名曲——《流水》。

北京天安门东西两侧设有太庙和社稷坛，那是旧时皇帝举行仪式祭祀祖先和祭祀谷神及土地的地方。另外，在北京城的南北东西四个方位建有天坛、地坛、日坛和月坛，这些地方曾经是皇帝率领百官祭拜天、地、日、月的神圣场所。这些仪式活动说明，我们中国人自古就认为自己是自然的组成部分，因而崇信自然、融入自然，与自然和谐相处。

如今民间仍保存的奉祀关公和妈祖的习俗，则体现了中国人崇尚仁义礼智信、进行自我道德教育的意愿，表达了祈望平安顺达和扶危救困的诉求。

小读者们，你们养过蚕宝宝吗？原产于中国的蚕，真称得上伟大的小生物。蚕宝宝的一生从芝麻粒儿大小的蚕卵算起，中间经历蚁蚕、蚕宝宝、结茧吐丝等过程，到破茧成蛾结束，总共四十余天，却能为我们贡献约一千米长的蚕丝。我国历史悠久的养蚕、丝绸织绣技术自西汉"丝绸之路"诞生那天起就成为东方文明的传播者和象征，为促进人类文明的发展做出了不可磨灭的贡献！

小读者们，你们到过烧造瓷器的窑口，见过工匠师傅们拉坯、上釉、烧窑吗？中国是瓷器的故乡，我们的陶瓷技艺同样为人类文明的发展做出了巨大贡献！中国的英文国名"China"，就是由英文"china"（瓷器）一词转义而来的。

中国的历法、二十四节气、珠算、中医知识体系，都是中华民族传统文化宝库中的珍品。

让我们深感骄傲的中国传统民俗文化博大精深、丰富多彩，课本中的内容是难以囊括的。每向这个领域多迈进一步，你们对历史的认知、对人生的感悟、对生活的热爱与奋斗就会更进一分。

作为中国人，无论你身在何处，那与生俱来的充满民族文化DNA 的血液将伴随你的一生，乡音难改，乡情难忘，乡愁恒久。这是你的根，这是你的魂，这种民族文化的传统体现在你身上，是你身份的标识，也是我们作为中国人彼此认同的依据，它作为一种凝聚的力量，把我们整个中华民族大家庭紧紧地联系在一起。

《记住乡愁——留给孩子们的中国民俗文化》丛书，为小读者们全面介绍了传统民俗文化的丰富内容：包括民间史诗传说故事、传统民间节日、民间信仰、礼仪习俗、民间游戏、中国古代建筑技艺、民间手工艺……

各辑的主编、各册的作者，都是相关领域的专家。他们以适合儿童的文笔，选配大量图片，简约精当地介绍每一个专题，希望小读者们读来兴趣盎然、收获颇丰。

在你们阅读的过程中，也许你们的长辈会向你们说起他们曾经的往事，讲讲他们的"乡愁"。那时，你们也许会觉得生活充满了意趣。希望这套丛书能使你们更加珍爱中国的传统民俗文化，让你们为生为中国人而自豪，长大后为中华民族的伟大复兴做出自己的贡献！

亲爱的小读者们，祝你们健康快乐！

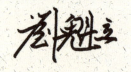

二〇一七年十二月

目　录

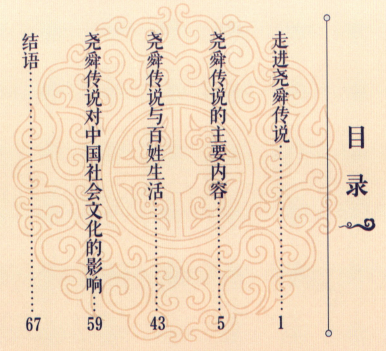

走进尧舜传说

| 走进尧舜传说 |

在中国历史上，尧舜时代被认为是文明社会的起点。黄帝、颛顼、帝喾、尧、舜并称为五帝。

有学者把文字没有出现之前的中国历史称为中国古史的传说时代。尧舜时代，中国还没有出现文字，对于那个时期的情况，人们很难获得准确的历史信息。因此，关于尧舜的信息就显得极为庞杂，有的甚至相互矛盾。但从可以确定的信息来看，尧舜时代政治清明，社会进步，社会秩序稳定，是中国历史上的重要时期。尧和舜品德高尚、勤政爱民，是人们理想中的君主，并成为中国政治的典范和思想的渊薮。

千百年来，人们不断讲述有关尧舜的事迹。一方面，自先秦以来，历代文献对尧舜的记载层出不穷，尧舜的形象也越来越鲜活、具体，成为人们学习的对象；另一方面，在民间，百姓一直以习俗、风物、历史事件等载体为依托，不断传讲尧舜故事，使得尧舜的形象在百姓中落地生根，并潜移默化地影响着他们的价值观。

在历史发展的过程中，文献记载和百姓口传的尧舜事迹互相影响，使得人们口中关于尧舜传说的内容越来

|舜帝像|

越丰富，与尧舜传说相关的风俗、风物也越来越多，这在客观上又促进了传说本身的传承与传播。

在很多地方，尧舜传说成为当地的文化资源，在构建地方文化认同、发展地方经济文化事业方面发挥着不可或缺的重要作用。

尧舜传说的主要内容

| 尧舜传说的主要内容 |

尧舜传说内容丰富、涉及面广，散见于各种文献资料和口头文学中。根据传说讲述的内容，大致可以将尧舜传说分为以下几类：

一、家庭与生活传说

这部分传说主要是讲述尧舜的出生、家庭成员及其日常生活的内容。

1. 尧的家庭与生活

在《大戴礼记》中有如下记述：

"少典产轩辕，是为黄帝。黄帝产玄嚣，玄嚣产峤极，峤极产高辛，是为帝喾。帝喾产放勋，是为帝尧……"

这是说尧的名字叫放勋，他的父亲是帝喾，他们

是黄帝的后代。司马迁在《史记》中记述：

"帝喾崩，而挚代立。帝挚立，不善，而弟放勋立，是为帝尧。"

这段话的大意是尧从他的哥哥挚手中继承了王位，成为一代贤君。

尧拥有一个较为庞大的家庭。据说他的父亲帝喾娶了四位夫人。第一位夫人是有邰氏的女子，名字叫姜嫄，她生了后稷；第二位夫人是有娀氏的女子，名字叫简狄，她生了契；第三位夫人是陈锋氏的女子，她生了放勋；第四位夫人是娵訾氏的女子，她生了挚。其中，放勋

尧舜禹雕像

就是我们所熟知的尧。据说，尧的母亲叫作庆都，她与赤龙结合生出了尧。

综合不同的传说，尧至少有十个儿子、两个女儿。其中一个儿子叫丹朱，一些民间传说也将丹朱记作"单珠"，两个女儿分别叫娥皇、女英。据民间传说，尧的儿子单珠不务正业，最后被尧用计除掉了。流传于河南省范县的一则传说《尧除单珠》讲述道：

尧的儿子本叫麻，但因为他只有一只眼睛，所以大家都叫他"单珠"。单珠为人心狠手辣，喜欢享乐。他让百姓在黄河边给他修了一座金碧辉煌的宫殿。

尧老了，见被选为继承人的单珠越发不成样子，就想把王位让给许由。可是许由不愿意接受，听到消息后跑了。尧没办法，就去找舜，想把王位让给舜。

单珠早就想继承父亲的王位。看尧不愿把王位传给自己，恼羞成怒的单珠想趁尧把王位让给舜之前害死父亲，以夺取王位。这天他对尧说："父王，我在黄河边专门修建了一座宫殿，想让您享一享清福。但不知道宫殿修建得是否合您的意，您去看一看吧？"尧想了想，便同意去看看。

单珠跟在尧后面，边走边想：等老家伙走进宫殿后，我把门一锁，再放一把火，王位就是我的了！尧知道单珠肯定没安好心，一路上小心提防着他。等走到宫殿门口时，看到单珠的动作，尧猜测出了他的意图，他故意装作很高兴的样子说："儿啊，我第一次来，不如你在前面带路吧。"尧的话单珠不敢不听，他刚迈进宫殿，尧便伸手把门关上，并叫人用锁锁住，用土把宫殿封住，将单珠困死在了里面。

后来尧把王位传给了舜，现在靠黄河北边，有个地势很高的村子，据说就是当年尧除掉单珠的地方。

在另一个传说中，单珠修建的不是宫殿，而是专门给尧修建的陵墓。尧知道单珠没安好心，暗中把墓里面的机关记清楚了。之后，尧让单珠在前面带路，单珠一进去，尧按动机关，把单珠关在了里面。

当然，也有传说把单珠刻画成一个肯动脑筋、心系人民、选育良种、驯养动物的领袖形象。如流传于山西的《单珠送宝》这则传说里，单珠建议尧停止放火烧山，保护森林，后来果然岁丰年稔，穰穰满家。有一回，单珠上山打猎，逮到几头小野猪，一时吃不了，就圈养了起来，不想只几年的工夫，这种凶猛的野兽就被驯养成了一种家畜。他还发现种在施了粪肥的土地上的庄稼可以增产，后来他将这种方法推广开来，粮食产量逐年提高。

尧的两个女儿分别叫娥皇和女英，她们虽然出身显贵，但勤劳朴实，后来尧把她们嫁给了自己寻访到的贤人——舜。

2. 舜的家庭与生活

和尧相比，舜可以说是出身贫寒。他既不是皇亲国戚，也不是名人之后，只是一个出身于农家的普通人。

据说舜的家中还有父亲、继母、弟弟三人，舜幼年丧母，弟弟是父亲与继母的孩子，《史记》中对舜的家人记载为"父顽、母嚚（yín）、弟傲"，意思是父亲迟钝凶暴，继母愚蠢顽固，弟弟傲慢急躁。据史书记载，舜的家人不断迫害舜，甚至想要杀了他。舜委曲求全，一直不失孝悌之心。

传说，舜在历山耕种，没有多久，历山的农人就被他的德行感化，都争着让起田地来；舜到雷泽去捕鱼，不久雷泽的渔夫也争着让起渔场来；舜又到河滨去做陶器，没过多久，河滨陶工们同样被舜的德行所征服，做出来的陶器变得更加美观而又耐用了。舜每到一处，人们便纷纷搬到他附近居住，

《虞舜开田》

这个地方一年就会变成小村庄，再过一年就会变成较大的城镇，到了第三年就会成为城都。

流传在浙江省武义县的传说《虞舜开田》是这样讲的：

早先，有一个叫虞舜的人，他三岁时，母亲去世了，父亲另娶了一个女人。继母待虞舜非常苛刻，以致他小年纪便被被迫到外面讨生活。

那个时候，人们全靠在土地中种些芦稷（高粱）和粟过日子。虞舜的继母看到在山上种地比在空地开水田费力，便逼着虞舜去山上开地种田。虞舜当时年纪尚幼，哪有力气去开地？可是继母逼得紧，不干活便不给他饭吃，虞舜只好硬着头皮干了起来。从早忙到晚，磨盘大的地也没有开出来，想到回家定要受继母打骂，虞舜就坐在地上伤心地哭了起来。他的哭声惊动了深山里的野兽，它们纷纷来到这里帮虞舜的忙，没一会儿工夫便开出一大片地。其中有一只力气很大的野兽，撬起石头时，嘴里呼呼作响，虞舜就给它起名叫"老呼"，它就是现在的老虎。还有一只野兽用嘴巴拱泥的样子很像打仗用的战鼓，虞舜就给它取名"野嘴鼓"，它就是现在的野猪。

地开出来了，可是虞舜没有谷种，该怎么办呢？老鼠和麻雀自告奋勇，打算去天上偷谷种。

天上的谷种由大肚罗汉掌管。大肚罗汉怕谷种被人偷走，便把谷种装在麻袋里，整日坐在屁股底下，这样既能当凳子，又能防盗。一天夜里，老鼠趁大肚罗汉困倦之际，死命一咬，将麻袋咬出一个洞，谷种从这个洞漏了出来，麻雀飞上去叼起谷种回到了人间，把一粒粒谷种撒到地上。因老鼠和麻雀偷谷种有功，以后每逢稻谷成熟，它们都会最先到田里尝新。并且人们无论用什么办法，也无法把它们全部除掉。

虞舜长到十八岁时，尧让位给他，虞舜做了首领。这时虞舜已经掌握了稻谷的种植技术，他教人们将土地以一格一丘的规格划分出来，一共有三百六十丘，这便是现在的水田。

那时候，田地里不长杂草，种田十分省力，春季把谷种播种下去，不用施肥，到了秋季自然有收成。凡间的人们一年到头，除了播种谷种、割稻，便没有其他工作了，整天在家里吹箫作乐。天上的神仙看到凡人的日子竟然比他们过得还逍遥自在，很妒忌，便派了草皇下凡，在田里撒上了草种。从此，凡间的田地里便有了拔不完的杂草，人们一年到头忙忙碌碌，一直忙到秋收。

河南省偃师县流传着一则叫作《舜王逃生》的传说，主要讲述的就是舜被继母和弟弟陷害的故事：

舜小时候，亲娘死得早，爹又娶了一位妻子。继母生了一个孩子，起名叫象。舜和象虽是兄弟，但日子过得却是天差地别。舜整天不光挨打受骂，吃不好，穿不好，还要干各种活儿；象则被父母娇生惯养长大，吃得好，穿得好，整天什么活儿也不干。继母为了能让象独占家业，天天谋划着想把舜害死。

有一天，舜和象去地里种麻，继母起了歹心，恶狠狠地说："你们兄弟各种各的，谁种的麻长不出来就别想回家！"然后，她暗地里把舜的麻籽炒熟了。

半路上，爱占小便宜的象想捏些麻籽吃，就抓了一把舜的麻籽，放进嘴里一尝，觉得香喷喷的，比自己的好吃，他就闹着要和舜换麻籽。舜二话没说，就和他换了。麻籽种下去没几天，舜的田里很快长出了苗，可象的田里连一棵苗也没长出来。舜并没把继母的话放在心上，拉着象一块儿回家了。继母听说了这件事后，气得半天说不出话来。

见一计不成，继母心中又生一计。一天，她让舜清洁院里的井，舜刚下到井里，她就和象搬来石磨把井口封死了。心想：舜这下活不成啦！舜在井里很着急，以为自己出不去了。忽然，他发现井壁上有个洞。他往洞里一看，这个洞居然连着另一口井，他就顺着洞钻过去，从邻居家的井里爬了上来。

两次都没把舜害死，

继母很不甘心。过了几天，她又想出一个毒计。她打算让舜去修房顶，然后点火把他烧死。她怕舜不肯听她的话，就装出很慈爱的样子对舜说："好孩子，今天天气热，带着这把伞，它能帮你遮阳，千万别累着了。"舜拿着伞上了房顶。他刚上去，继母赶紧把梯子搬走了，并让象点燃了房子。火越烧越大，在房顶上的舜无处躲藏，就把伞撑开跳了下去，一点儿皮也没有摔破。

后来，人们见舜忠厚老实、宽宏大量，就推选他做首领。舜当了首领后，不但没记恨继母，反而像之前一样孝敬她。继母觉得愧得慌，没脸见人，便自尽了。

后来，舜娶了尧的女儿娥皇和女英。她们没有因为

娥皇像

自己出身高贵就怠慢舜的亲属，都很讲究为妇之道。娥皇和女英嫁给舜之后，婚姻生活也和常人一样，经常争风吃醋，河南省偃师市流传的《舜王封娘娘》传说讲的就是二人争正宫娘娘的故事：

有一天，舜想了个主意：让两个妃子一个骑牛，一个骑骡子，从远处往自己站着的地方来，谁先到，就封谁为正宫娘娘。舜私下里把跑得快的骡子送给女英，把牛留给娥皇。娥皇、女英一同上了路，女英骑着骡子一路领先，心里很得意。娥皇骑着牛慢吞吞地跟在后边。谁

女英像

知道半路上骡子要下驹子，一耽搁就是大半天。就这样，女英眼睁睁地看着娥皇骑着牛超过了自己，先到了舜的面前。舜费了那么多的心思，也没有如愿，心里很是懊恼，就下了一道旨意：不准天下的骡子再下驹。从此以后，骡子就再也不下驹了。

即便如此，舜与两人的感情很深厚，两个妻子更是帮了舜很多的忙，是舜的贤内助。

15

二、贤能与德政传说

尧和舜都是人们心目中的理想明君，在民间流传着很多关于他们的贤能与德政的传说，在节俭、求贤、禅让、政绩等方面都有所体现。

1.尧的贤能与德政

袁珂先生在《中国神话传说》一书中曾这样描述：提起尧，谁都知道他是我国历史上出名的节俭、朴素、顾念人民的好国君，人们对于他，几乎绝无不同的意见。传说他住在用参差不齐的茅草盖成的屋子里，屋子里的柱和梁都是拿山上伐下来的粗糙木头架好就算完事，连刨都不刨光一下；喝的是野菜汤，吃的是糙米饭，身上穿的是粗麻布做成的衣服，天气冷了就加上一件鹿皮披衫挡风寒；使用的器皿大多数是用陶土做成的。

尧又是怎样对待子民的呢？据说，假如有一个人没饭吃，尧必定说："是我没有治理好国家才使他饿肚子的。"假如有一个人身上没有衣服穿，尧必定说："是我没有治理好国家才让他穿不上衣服的。"假如有一个人犯了罪，尧必定说："是我没有治理好国家才害他陷入罪恶的泥潭里去的。"他把一切责任都担在自己的肩上，所以在他统治的整整一百年当中，即使发生了可怕的天灾，人们对于这个好国君，仍旧是毫无怨言地衷心爱戴。

尧善用贤人，在他身边与他一同治理国家的全是有才能的贤臣。后来舜掌管政事，尧的臣子被进一步明确职责，如后稷为他掌管农业，倕为他掌管工业，皋陶为他掌管刑狱，夔为他掌管音乐，伯夷为他掌管礼仪，契为他掌管教化……

当尧逐渐老去后，想把王位禅让给一位贤德之人。在他还没有找到舜的时候，听说许由最为贤德，便亲自去拜访许由，并向他表明了自己打算禅让王位的来意。

但许由是一个非常清高的人，不愿意接受他的禅让，连夜跑到箕山下面的颍水边去了。流传于河南省南阳市的传说《尧王访贤》生动地描述了尧访贤的场景：

尧年老后看着自己的九个儿子，觉得没有一个人能担当治理天下的这份重任。满朝文武，他选来选去也不中意。于是尧决定去民间选一位贤人，把王位禅让给他。

尧王访贤

据说历山脚下，住着一个叫瞽叟的老汉，他有个儿子叫舜。舜的娘死后，瞽叟又给舜娶了个继母。舜的继母把舜当成了眼中钉，多次迫害于他，但舜却从不在意，对待父母始终恭敬有加。一天，尧来到历山脚下，听说舜的事情后就想见见这个人。

尧找到舜，见舜正赶着一头黄牛和一头黑牛在地里犁地。只见两头牛的屁股上绑了一个簸箕，并且他没有像其他人那样顺着地犁，反而横着犁。尧觉得很奇怪，走到舜的跟前，问："年轻人，人家犁地都是顺着犁，你怎么横着犁呀？"

舜说："老人家，您不知道，我来犁地时，我娘特意交代要横着犁。如果顺着犁就违背了娘的意愿！"

尧知道舜的苦衷，点了点头，心想：继母不贤，此人却如此宽宏大度，真是难得！尧王又问："你为什么在牛屁股上绑个簸箕呀？"

舜说："鞭子如果打在牛身上，它会疼的。绑个簸箕，哪头牛走慢了，照簸箕上打一下，它知道是打它的，就会快走几步撵上去。"

尧听了暗暗称赞：这个人对牲畜都这样疼爱，对人更不用说了。

尧觉得舜这个人不一般，就坐下和舜聊了起来。尧问了舜好多问题，舜的回答都让尧很满意。后来，尧问他："刚刚看到你在耕地，你觉得是黄牛耕得快，还是黑牛耕得快？"舜说："一样快。"舜的这个回答让尧觉得这个人不诚实。想到这儿，尧起身准备离开。

尧刚走出了百十步远，舜追上去，说："老人家，您等一下。"待尧站住，舜说："我知道您对我刚刚的回答不满意。确实是那头黄牛耕得快些，可刚才您那样问时，它们都在附近，如果我说黄牛耕得快，黑牛听见会伤心的。所以我才说它们耕得一样快。"尧听了他的话后连连点头，认为舜这个人不但办事细心，还讲究方法，想必无论交给他什么事都能办好。

后来，尧把舜带回了王宫，并将自己的两个女儿娥皇、女英许配给舜为妃，还把王位也让给了舜。

关于尧的政绩，历来记载颇多，但大多数集中于敬授民时和单均刑法两个方

面。流传于河南省荥阳市的传说《尧王立法》用浅显的语言描述了尧在这方面的功绩：

传说尧白天化为人主管天下，夜里化为凤飞到天上处理天上的事务，人、神都很敬重他。他在位期间，人间一直风调雨顺，五谷丰登。

自从有了余粮，人们就变了，不但变懒了，还有人变坏了，成了杀人放火、无

二郎神

认出来。"

尧很高兴，把独角兽带回了人间。可是，干了坏事的人怎么会愿意站到独角兽面前让它辨认呢？尧又去找王母娘娘讨要刑法，王母娘娘说："天界的刑法只有一条：不管过错大小，一律打下凡间。"

见天界的法典并不适用于人间，尧决定到民间看一看。后来，他集思广益，制定出了刑法：杀人抵命，打人受罚，偷盗还物，抢人抄家。

刑法颁布后，人人都说好，大家都安下心来干自己的活儿。犯法的人少了，天下自然就太平了。

尧的政绩还包括为人们做了很多的小事，如流传于河南省沁阳市的传说《尧王找水》讲的就是尧王想百姓

恶不作的盗贼。这该怎么办呢？尧去找二郎神询问这件事，二郎神一听笑了，说："我遇到坏人，就让哮天犬去咬他。"尧说："把你的哮天犬借给我用用吧！"二郎神摇了摇头，说："那不行，我离不开哮天犬。这样吧，我送给你一只明辨是非的独角兽，是好人还是坏人，只要往它面前一站，就能辨

之所需的故事：

尧上知天文，下知地理，是位爱护百姓的明君。有一年夏天，某地一连多日都没有下雨，连吃的水都没有，别说种庄稼了，眼看人都没法活了。尧领着一伙人到处找水。一天，一行人来到太行山脚下，尧弯腰抓起一把土，捏在手心，一使劲，土黏成了一团。尧哈哈大笑道："土黏成团，地底下一定有水！"他赶紧让大家拿出工具就地挖井。刚挖了几尺深，一股清泉冒了出来。大家争相用手捧着水喝起来，这水又凉又甜，找到水源的人们高兴极了。

村里百姓听说尧来了，都争相赶来拜见。尧说："这里地下水很多，如果在这里挖一条河，旱天能浇地，涝天能排水，定能造福万民。"

尧走了以后，大家就按尧说的，从南向北挖了一条河，在河的源头修了一个大水池。泉水顺着河往下流，能浇地，还能养鱼、种藕。

后来，人们就给这个村起名叫"捏掌村"，那个大

水池起名叫"尧王池"，那条河起名叫"尧王河"。

2. 舜的贤能与德政

在司马迁的《史记》中记载：

"舜年二十以孝闻，年三十尧举之，年五十摄行天子事，年五十八尧崩，年六十一代尧践帝位。践帝位三十九年，南巡狩，崩于苍梧之野，葬于江南九疑①，是为零陵。"

说的是舜在二十岁的时候被尧发现并委以重任，三十岁的时候辅佐尧治理国家，五十岁的时候代尧摄政，五十八岁时尧驾崩，舜六十一岁时才正式即位，他做了三十九年天子。

舜在当国君的几十年中，

①山名，今湖南省九嶷山。

也像尧一样，做了很多有利于人民的事情，并且最后像尧一样，没有把王位传给自己只知道唱歌跳舞的儿子商均，而是传给了治理洪水有功的禹，这也可以看出舜的大公无私与贤能。

传说舜执政后，进行了一系列重大的政治改革。他举行了祭祀上天、天地四时、山川群神的典礼；向各地诸侯颁行新历法、律之十二律，并制定了五种礼节……

除此之外，舜进一步明确了朝中贤能各自的职责。舜任命禹担任司空，治理水土；任命后稷掌管农业；任命契担任司徒，推行教化；任命皋陶担任士，执掌刑法；任命倕担任共工，掌管百工；任命益担任虞，掌管林牧；任命伯夷担任秩宗，主持礼仪；任命夔为典乐，掌管音乐和教育；任命龙担任纳言，负责发布天子命令，收集意见。还规定每三年考察一次政绩，由三次考察结果决定官员的提升或罢免。通过一系列的整顿，朝野中各项工作都展现出了新面貌。

舜任命的这些人都建立了辉煌的业绩，而其中以禹的成就最大。身为表率的禹尽心治理水患，凿山通泽，疏导河流，终于治服了洪水，使人民安居乐业。在禹的努力下，四海内呈现出前所未有的清平局面。

舜的治国方略还有一项是依法治国，即"象以典刑，流宥五刑，鞭作官刑，扑作教刑，金作赎刑"，这段话的意思是，舜制定了各种刑法，起警诫作用，官场上对

舜耕历山

犯错误的官吏用鞭子抽；学校里对犯错的学生用板子打；一些较轻的罪可以用钱赎免。下面这则《舜除"四凶"》的传说体现了舜在这方面的政绩：

舜三十岁时做了司徒，当时部落之间战乱频繁，互相掠夺。他坚持以德治天下，尽心尽责地遵循父子、君臣、夫妇、兄弟、朋友间的五常教导。三年后，他替尧摄政，便任用契代司徒一职，嘱其建立一套以孝道为核心的伦理道德体系。并由此推行五典之教，大刀阔斧地进行改革。

舜选拔了八恺、八贤协助他治理国家，加强对官员的管理、激励和督察，创建了官员考核制度。

舜在以德治国的同时，

壁画《尧舜时代的人们》

辅以法治。当时有一股邪恶势力在国内兴风作浪，连尧也奈何不得。这股邪恶势力人称"四凶"：一个是帝鸿氏的不肖子，人称"浑沌"，他不仁不义，经常行凶作恶；一个是少暤氏的不肖子，名叫"穷奇"，他专门颠倒是非，打压忠良；一个是颛顼氏的不肖子，唤他"梼杌"，他顽劣到极点，不受礼仪教化，也不接受别人的善言；还有一个是缙云氏的不肖子，叫作"饕餮"，他贪财越货，无恶不作。这四个人仗着自己是贵族子弟，到处为非作歹，令尧感到很头痛。

要治理好国家，必须先处置这四个人。舜考虑再三，决定将"四凶"流放到四方的边远之地，让他们抵抗远方想要为害于中原的妖魔鬼怪。

自舜大刀阔斧地清除了内部隐患后，百姓无不拍手称快，从此四门肃穆，天下

古琴

舜治天下

太平。

舜除了实行仁德之政，在音乐创作、开疆拓土等方面也做出了令人瞩目的成绩，如下面这个传说：

尧知道舜非常喜欢音乐，所以嫁女时，特地赐给舜一张琴。舜继承王位之后，让乐师把那张琴改成了瑟，又让乐师谱了不少新曲。其中《九韶》一曲，声音清扬婉约，像天上的百鸟和鸣，连凤凰听了都被吸引而来。

尧年老时，由于心力不济，加之洪水肆虐，百姓民不聊生，南方少数民族三苗趁机在江淮、荆州作乱。舜

舜治天下

凤凰来仪

执政之后，三苗依旧经常骚扰百姓。此时，禹治水告捷，便主动请战三苗。但是舜不同意禹想用武力征服三苗的办法，说："德不厚而动武，是不道德的，还是以教化为好。"

经过深思熟虑，舜决定对三苗采取怀柔政策，并亲自前往三苗驻地。这天，舜帝带着随从进入三苗驻地，刚登上一座山峰，忽闻鼓角齐鸣，一群持刀拿棍的三苗族人将他们团团围住，一场恶战即将发生。在这万分危急之际，舜示意随从不可轻举妄动，随即他不慌不忙取出琴，坐在地上弹起了《九韶》。优美的音乐吸引了百鸟和鸣，凤凰来仪，三苗族人被眼前的景象感化了，遂自愿归顺。从此，人们将舜演奏《九韶》的山峰取名为"韶山"。

对于农业占主导地位的中国来说，舜的贡献还体现在统一历法、指导农业方面。舜治理天下时，将天下作为一盘棋，通盘考虑。因为当时是农业社会，仅靠颁布农时政令，指导农业，偏远地区的百姓往往不能受益，所以舜就制定了统一的历法，让百姓遵从历法行事，以指导农业生产，安定天下的百姓。全国统一历法和四时，为进入农业社会，有序从事耕作起到了十分重要的作用。

三、死亡及风物传说

尧和舜死后留下了很多和地方风物密切相关的口头民间传说。

1. 尧的死亡及风物传说

《史记》上记载：

"尧辟位凡二十八年而崩，百姓悲哀，如丧父母。三年，四方莫举乐，以思尧。"

这段话的大意是尧去世的消息传来，举国百姓悲哀，就像是自己的父母去世般悲痛欲绝，三年守丧期间，百姓自发罢娱罢乐。

关于尧的墓址所在之处，有一种说法是尧的尸体葬在尧陵中，尧陵在今山西省临汾市东北 35 千米处的郭行村，尧陵冢高约 50 米，周长近 300 米，气势宏伟壮观。背山面河，周有残墙围绕。尧陵的北部为黄土陡崖雍卫，东西有两条黄土冲沟拱卫，南面杨村河似新月抱冢绕流。因树多而古，俗称"神林"。陵前有祠，相传为唐初所建。明清屡有重修。1984 年，重修了碑亭献殿。

祠内现存山门、牌坊、厢房、献殿、寝殿、碑亭等建筑。

2. 舜的死亡及风物传说

《史记》记载：

"践帝位三十九年，南巡狩，崩于苍梧之野，葬于江南九疑，是为零陵"。

这段话的大意是：舜晚年的时候，到南方各地去巡视，不幸中途死在苍梧郡，人们将他葬在九嶷山。噩耗传来，百姓们如丧考妣。流传于湖南的传说《湘妃竹》中提到舜为了帮助人们消灭恶龙而战死，他的妻子娥皇和女英也因为伤心过度死去了。下面就讲一讲这则传说：

湖南省九嶷山一带长着一种竹子，竹竿上面布满密密麻麻、像眼泪一样的斑点，有紫色的，有白色的，还有红色的，很是好看。人们把这

| 湘妃竹 |

种竹子叫作"湘妃竹"。

　　相传古时候，九嶷山内有九条恶龙，它们经常到湘江来戏水作乐，弄得洪水暴涨，庄稼被冲毁，房屋被冲塌，百姓们对此叫苦连天。舜得知恶龙兴风作浪的消息后，愁得吃不下饭，觉也睡不安稳，一心想要去南方帮助百姓除掉恶龙。

　　舜的两个妃子——娥皇和女英本是尧的两个女儿。她们虽然有着显赫的出身，又是王妃，但她们却和舜一样，并不贪图舒适的生活，同样关心百姓的疾苦。她们虽然对舜要远离家乡去往南方依依不舍，但是想到丈夫此行是为千千万万的百姓解除灾难和痛苦，还是高高兴兴地送走了舜。

自舜走后，两位妃子每天都盼望他能早日胜利归来。但一年又一年过去了，燕子来去了几回，花儿开谢了几度，都不见舜归来。她们有些担心，娥皇说："莫非舜受了伤？或是病倒在了异乡？"女英说："莫非他在途中碰上了什么危险，或是因为山高路远迷失了方向？"她们商量来商量去，认为与其待在家里，久久得不到音讯，不如前去寻找。于是她们迎着风霜，跋山涉水，去寻找舜。

她们来到九嶷山，沿着大紫荆河到山顶，又沿着小紫荆河回到山脚，几乎寻遍了九嶷山的每个山村，踏遍了九嶷山的每条小路。

她们询问山上打柴的樵夫："樵哥，你可曾见过舜？"她们询问山下种庄稼的老农："老翁，你可曾见过舜？"她们询问捕鱼的渔民："渔夫，你可曾见过舜？"但是，她们始终没有得到满意的回答。

一天，她们来到一个耸立着三块大石头的地方。这里翠竹环绕，其间有一座用珍珠和贝壳砌成的高大的坟墓。她们感到很奇怪，询问住在附近的乡亲后，得知了坟墓的来历："美丽的姑娘啊，这是舜的坟墓。舜从遥远的北方来到这里，帮助百姓斩除了九条恶龙，使百姓过上了安乐的生活，他却病死在这里……"

舜死后，乡亲们为了报答舜的恩情，特地为他修建了一座高大的坟墓。九嶷山上的一群仙鹤也被感动了，特地去南海衔来珍珠和贝壳，撒在了舜的坟墓上。三块巨石则是舜除灭恶龙用的三齿耙插在地上变成的。娥皇和女英闻言悲痛极了，两个人抱头痛哭起来，一直哭了三天三夜。三天后，悲伤过度的娥皇和女英也死在了这里。

传说九嶷山竹子上的斑点就是娥皇和女英的眼泪所化。

舜陵位于湖南省永州市宁远县九嶷山舜陵景区。湖南永州舜陵是中国五大古帝陵之一，在古木参天的陵区内，陵庙建筑上的石雕、楹

|湘妃墓|

联、壁画栩栩如生，令人流连忘返。附近娥皇峰、女英峰、美大峰、梳子峰、舜峰（三分石）、萧韶峰、斑竹岩、舜池、舜溪等景点皆与舜奏《九韶》之乐及两位妃子挥泪斑竹的传说有关。

传说中舜的两位妃子在寻找丈夫的过程中历尽千辛万苦，人们便把她们寻夫过程中遭遇到的坎坷和当地风物联系起来。如流传于湖南的《二妃墓和君山》中讲道：

在岳阳楼上，朝着八百里洞庭上望去，一眼就可以看见湖心有一座碧绿的小岛，这就是有名的君山。

很早以前，君山本叫湘山，又叫洞庭山，那为什么现在叫君山了呢？这还得从舜的两个妃子讲起。

传说，舜去南方巡视，这一去便再也没有回来。他的两个妃子——娥皇和女英听到舜的死讯后，心里非常难过。两个人哭着跑到南方，想要找到丈夫的坟墓。她们走哇、走哇，一直走到了云梦大泽边，再也没有路可以走了。往南一望，只看见一片云雾茫茫，怎么也找不到舜走过的路。于是两个人用双手挖泥，罗裙兜土，在湖岸上筑起了一座高台。

姐妹俩登上高台向南望，依旧看不见丈夫的坟墓，只好又继续向南走。人们将她们筑的那座高台称为"苍梧台"。

娥皇和女英渡水来到了湘山上。只见山上长满竹子，她俩一边哭着，一边用手拨开竹子往南走。两个人的眼泪洒到了竹子上，竹子上面便留下了星星点点的斑点。从此，这片土地上的竹子都长着像泪痕一样的斑点。人们给它取了个名字，叫"斑竹"，又叫"湘妃竹"。

娥皇、女英在湘山上没有找到舜的坟墓，又继续往南走，一直走到山峦起伏的九嶷山。两个人边哭边找，衣裙破了，手上也划开了口子，连脚上穿的绣花鞋也跑丢了。后来，她们的鞋被水冲进了湘江，又随着江水漂哇、漂哇，漂到了湘山下面。当地的老百姓捡到了鞋子，以为娥皇、女英淹死在了江中，就用她们的鞋子为她们修建了一座墓，还在墓前立了一块刻有"虞帝二妃之墓"字样的石碑。

二妃墓修成之后，很多文人墨客都来此悼念，并用文字来歌颂这两个妃子的忠贞。有人特地为二妃墓写了一副对联："君妃二魄芳千古，山竹诸斑泪一人。"并请石匠刻在石柱上，因为这副对联的上联和下联的第一个字分别是"君"和"山"，所以后人也就把湘山叫作君山了。

四、与尧舜相关的其他传说

尧舜所处的时代是社会秩序基本奠定、成型的时代。作为后世心目中理想的帝王，人们把很多事情都和尧舜联系起来，创造出很多与他们有关的神话传说。在中国几乎家喻户晓的"后羿射日""大禹治水"等神话传说发生的背景都在尧舜时代。在传说中，尧舜不仅是国家的首领，还有了很多发

明和发现，是文化英雄。如流传于江西省的一则传说《车前草》，就把发现草药功效的功劳归结到了舜的身上：

相传，尧舜时代，江西由于雨水过多，河流长期被泥沙淤阻，连年发生水灾，田地被淹没，房屋被冲倒，很多百姓无家可归。舜知道后，让伯夷前往江西治水。伯夷采用疏导法疏通赣江，工程进展很顺利，不到一年就修到了吉安一带。

当年夏天因为久旱无雨，天气炎热，加上连日劳累，很多人都生病了，这大大影响了工程的进展。

舜知道后，派禹带医生去为人们诊治，但仍无济于

35

骏马

事。禹和伯夷为此寝食难安。一天，一位长者捧着一把草来见禹，禹命其入帐，问其来意。长者说："我是喂马的马夫，近日天气炎热，我观察到马群中有一些马胃口很好，另外一些马却不吃不喝。对比发现原来那些胃口很好的马经常吃长在马车前面的这种草，我就用这种草喂生病的马，结果第二天这些生病的马全好了。我又试着用这种草熬成水给一些生病的人喝，结果他们的病也好了。"

禹和伯夷听了长者的话后非常高兴，于是命令手下都去摘这种草熬成水给患病的人服用，患病的人喝了这种水后，不到两天就痊愈了。

因为经常能在马车前找到这种草，所以人们就将这种草取名为"车前草"。

传说舜具有神力，他不

仅广施德政，还能够驱龙御雨，对天上的神灵赏罚分明。《斩龙台》的传说中记载道：

历山深处，有一块宛如戏台的大石头，石头当中有几块血红的痕迹，经过千百年的风吹雨淋，血色殷红不变，这就是有名的斩龙台。

传说，有一年人间遭遇旱灾，数月不下雨，禾苗枯萎。舜就派了一条小龙去降雨，并叮嘱说："久旱需细雨，要慢而多降。"但小龙急着要去与一个名叫怀姑的姑娘约会，没有按舜的要求去做，降下一场大暴雨就匆匆离开了，这场大雨将整个历山冲成了千沟万壑。

| 车前草 |

神龙

而成。现在历山附近的人若是看到有人无理取闹或者是干了不光彩的事，就会警告他："我看你是想上斩龙台了吧？"

那个叫怀姑的姑娘，见小龙被斩，自觉有过，就一个人去尖山顶上为百姓祈福。后来人们就给尖山起名为"尖山怀"。

在山西省洪洞县流传着很多和尧舜有关的传说，这些传说解释了一些地方文化中村名、地名和习俗的由来，如：

舜爱民如子，看到暴雨成灾，百姓遭殃，胸中顿时燃起怒火。对于小龙的罪行，执法如山的舜决不宽容，他亲自在斩龙台将小龙问罪斩首。斩龙台由此得名，石头上的红斑就是小龙的血凝结

羊獬村原名周府村，直到后来有一头母羊生了一头与众不同的独角羊。这头羊能够分辨善恶忠奸，遇到纠纷时还会用它的角去顶恶人，如果恶人不肯承认，它会用角将恶人顶死。有人将

此事报告给皋陶，皋陶又上报尧。

尧一听大喜，命皋陶派侍从备好马车，带上妻子、长女娥皇一起去周府村视察。尧见到独角羊后，用马鞭对着它一指，说来也奇怪，原本飞奔不止的独角羊竟然驯服地站到尧面前。

尧哈哈大笑道："此乃祥瑞之兽，当生此物国必兴，善辨忠奸，名曰獬豸。"

他们又去生獬豸的地方观看，发现此处寸草不生，下雨不湿，下雪不沾。

恰在此时，尧的夫人即将分娩，并于此处顺利生下次女。此女坠地能坐，三天

| 獬豸

能说话，五天能走路，七天能干活，百天便通晓天文地理，是个神童。尧大为惊喜，便为此女取名女英，并将周府村改名为羊獬村。

后来，尧听从夫人的提议，迁居于此，从此羊獬村成了尧的第二故乡。因尧爱民如子，羊獬村的百姓都称他为爷爷，称尧的两位女儿为姑姑。

羊獬村的名字沿用至今，在羊獬村的唐尧故园中有獬豸的塑像，当地的人们认为摸獬豸的身体可治病、摸獬豸的肚子可求子。

此传说在当地流传甚广，虽然因讲述人不同内容略有不同，但是都表明羊獬村的人们认为娥皇、女英和尧曾经在此居住过，村名也因此而来。

壁画《舜与娥皇女英》

在民间传说中，圣贤与常人的生活一样丰富多彩。以"娥皇女英争大小"为题材的传说也是人们津津乐道的话题。这类传说大多描述的内容为两姐妹一起嫁给舜后，也像凡人一样争起地位的高低来。如流传于山西的一则传说《冻冽洼》中记载道：

女英和娥皇姐妹双双嫁给舜以后，姐姐娥皇聪明能干，当了正室；妹妹女英憨厚粗笨，做了侧室。

因为妹妹不服姐姐，姐姐看不起妹妹，所以当舜不在家时，她们姐妹俩经常吵架。女英嘴笨，说不过娥皇，就气得一个人哭泣，泪水落下来，凝结成了冰。

别人是泪流成河，怎么女英的泪水会凝结成冰呢？

传说女英觉得自己在舜心里比不过姐姐，爱情上得不到满足，所以她的心就冷了，流出来的泪水也是冷的，滴

到地上就结成了冰。久而久之，女英流的眼泪结成了一片白银似的冰，所以这个地方就被叫作冻冽洼。

说来也奇怪，这个地方还真是与众不同，背靠一条小河，河水顺流而下，不到半里，就是一处山崖，水从山崖上流下，凝结成了冰。一年中，除了入伏那一天见不到冰外，几乎天天都可以看到这种奇特的景象。

尧舜传说与百姓生活

尧舜传说与百姓生活

尧舜传说广泛流传于中华大地上，在中国的很多地方都有与尧舜相关的遗迹遗址和文化习俗。随着时代的发展，人们也认识到了尧舜传说的重要历史文化价值，目前，有关尧的传说已经被列入《国家级非物质文化遗产名录》。

一、与尧舜有关的遗迹遗址

与尧舜有关的遗迹遗址

｜舜帝像｜

不计其数，可以说尧舜的"足迹"几乎遍布全国。

1. 与尧有关的遗迹遗址

山西省临汾市有一个尧都区，尧都区历史悠久，古称平阳，四千多年前尧帝在此建都，开创了中华民族的古老文明，是中华民族重要的发祥地之一。这里人文底蕴深厚，史传文字、围棋、诗歌、戏曲、鼓乐等文化经典都发源于此。尧都区现有古尧庙、尧陵、华门等历史人文景观。

根据山西省绛县尧寓村的有关文献记载，尧出生在尧寓村。该村至今还保留有"陶唐遗风""巍严配天""唐甸服"等石匾和"创建寨记""古驿道碑"等古石碑，还有东尧岭的尧王庙、西尧岭的全神庙、村前的三

尧帝抚琴

官庙、中尧岭的尧王出生秘洞等遗址。此外，尧山上新石器时代文化、仰韶文化和龙山文化遗址中也保留着许多与尧相关的遗迹，如尧坐过的石椅和用过的石桌、尧祭祀的天坛等。当地关于尧的民间传说内容十分丰富，情节曲折动人，代表作品有《尧王兴拜年》《娥皇女英拜寿》等。

山东省菏泽市古称"曹州"，位于市中心的牡丹区，据说是尧舜的主要活动地区之一。古籍中记载道："昔尧尝游成阳，死而葬焉。舜渔于雷泽，民俗始化……"清代《续山东考古录》中记载道："成阳、雷泽均在曹州府境内。"相传尧死后葬在了菏泽，民间至今还流传着关于他的神话传说。这些神话传说既是古典神话在现代的延续，又在传承中附上了一些新的地方元素。

2. 与舜有关的遗迹遗址

舜的传说在全国各地广为流传，距今已有四千余年历史。民众把舜的事迹与相关的地名、冢祠、以及地方风物联系起来，编造出各种神话传说，以颂扬他明德、孝悌、忠君、治国的理念。

| 剪纸作品《孔子》|

山东省诸城市自称为舜帝故里。诸城市的诸冯村被认为是舜的出生地，当地流传着很多关于舜的传说，包括《舜奇异的出生》《名字的由来》《母亲临终教子》《继母三次陷害》《尧对舜三次考验》等。

传说中，舜生于诸冯村，姓姚，因目生双瞳，故名曰重华。舜勤劳朴实，乐于助人，是一位孝敬长辈的道德楷模，被尊为二十四孝之首。

孔子和孟子对这位帝王极其推崇。《礼记·中庸》有"仲尼祖述尧舜，宪章文武"的说法，无独有偶，《孟子》对此也有记载："孟子道性善，言必称尧舜。"舜以坚忍卓绝的毅力，在整顿七政、发扬五典的基础上，以身作则，敢于犯难，扫除了盘踞朝廷已久的国蠹——"四凶"，并将他们逐于四境之外。舜在处理朝政时，以至正至明、举不避仇的精神，选拔出了禹，并让他治水而终获成效，天下间洪灾以平。

除此之外，舜让官员们各司其职，教化百姓，于是，天灾平、人事和、外患消、万民乐，物阜民丰，内平外成。舜成了百姓交口称赞的贤君。因而诞生了一些具有浓郁地方特色的民间传说，如《孝感动天》《舜耕历山》《舜井的传说》《舜井锁蛟》等，现如今这些传说已成为舜文化研究的重要史料。

舜的传说在济南一带很流行。传说舜出生后不久母亲就去世了，父亲又娶了一位妻子生子名象。继母因偏

爱象而虐待舜，命他去历山（今山东省济南市千佛山）开荒种田。舜到了历山后，他的贤德感动了百兽，于是大象帮他耕地，百鸟帮他播种。后来他的父亲、继母、弟弟又多次设计陷害他，幸而上天护佑，每次都能侥幸

尧命禹治水石碑

49

|舜帝官员像|

|孝感动天|

脱险。后来舜在尧的培养和举荐下，做了部落的首领。为了纪念这位人文始祖，济南人民修建了舜祠、舜井、舜庙、舜园等。

有关舜的传说在山西运城地区变得更加丰富，并以永济市、垣曲县、盐湖区为中心向周围辐射。垣曲县近年来重建了舜帝庙，重修舜帝纪念物，并在当地逐步恢复信仰仪式。在此过程中，舜的传说强化与加固了民众信仰。传说兴盛，信仰普遍，仪式完备。在舜的传说兴盛流传中，"超人间"叙事是舜的传说记忆的核心，也是相关信仰仪式的生长点。

山西省沁水县城西历山一带，被认为是当时舜躬耕过的历山。当地主要流传着"舜耕治历山""舜的生活和婚姻""舜与当地植物及地名渊源"等传说。

湖南省永州市宁远县九嶷山的舜帝陵，被认为是舜故去的地方。从禹祭祀舜帝陵始，历经各个朝代，祭祀舜帝陵渐成定制。据有关史料记载，禹、秦始皇、汉武帝等都曾南望九嶷山遥祭舜帝陵。秦汉以后，虽经南北朝、隋、唐、宋、元等多个

闻韶台

舜帝祭俗宗

朝代，但祭舜的习俗从未断过。2006 年，舜帝陵被列为第六批全国重点文物保护单位。

明太祖朱元璋在公元 1371 年亲自撰写御祭文，并遣翰林院编修雷燧去九嶷山祭虞舜。据统计，明代谕祭 15 次。清承明制，谕祭活动比明朝更频繁，达 44 次。民国时，湖南省政府祭舜陵 9 次。

从中华人民共和国成立到 20 世纪 80 年代，民间也有一些零星的祭舜活动。20 世纪 90 年代，由民间团体带动的祭祀活动日渐频繁。特别是海内外舜裔宗亲组织也经常去九嶷山祭祖谒陵。可以看出从古至今祭祀舜陵的习俗一脉相传。

当代舜帝陵的祭祀仪式

既保留了传统的祭典形式，又新增了具有现代气息的献花篮、行鞠躬礼、民俗文艺表演等内容。整个祭祀仪式分迎宾仪式、导引仪式、祭典仪式、瞻仰仪式、谒陵仪式和揭碑仪式，既传承了历史，又与时俱进，隆重且富有地方特色。

二、与尧舜有关的社会风俗

尧舜时代制度完备，历来被认为是中华文明的起点，《尧舜禅让》《尧女舜妃》等故事更是成为千古流传的美谈。山西省洪洞县的羊獬村和历山两地流传着很多与尧舜有关的传说，地处汾河东岸河谷盆地的羊獬村被认为是尧的故乡，也就是娥皇、女英的娘家；而位于汾河西岸丘陵山区的历山则被认为是舜的故乡，同时也是娥皇和女英的婆家。两地及沿途的居民因此互称"亲戚"，并由此形成了奇特的"接姑姑、迎娘娘"走亲习俗。

相传尧在将自己的两个女儿娥皇、女英嫁给舜后，羊獬村与历山两地就结下了姻亲。羊獬村作为娥皇和女英的娘家，村里的村民称娥皇、女英为"姑姑"；历山作为娥皇、女英的婆家，称娥皇、女英为"娘娘"。每年的农历三月初三，羊獬村的村民从历山接两位姑姑回娘家，直到四月二十八尧的生日，历山的村民趁着给尧王拜寿将两位娘娘接回去。人们把三月初三羊獬村的活动称为"接姑姑"，把四月二十八历山、西乔庄、万安等周边村的活动称为"迎

（接）娘娘"。在申报《国家级非物质文化遗产名录》时将之命名为"洪洞走亲习俗"。走亲活动中蕴含着丰富的地方化尧舜传说体系，不仅有《尧王访贤》《尧王嫁女》《尧舜禅让》的千古美谈，也有《舜耕历山》《舜孝感天》《舜德服人》的传说，还有围绕沿途各村的村名、地名、风物、人情来历的解

释性传说，以及有关姑姑或娘娘的显灵传说。

"走亲"活动有相对固定的线路，有20多个村子参与到活动中。一年一度的"走亲"活动让人们一次又一次地重温祖先开创伟业和教化之功，一次又一次地传讲作为尧之女、舜之妃的娥皇、女英的神奇传说。在这个活态的传说体系中，人们

关注和传讲最多的是在"走亲"活动中参与的各村与尧舜和娥皇、女英千丝万缕的联系。其中，当属尧之故园羊獬村和舜之故里历山的传说最多。

洪洞走亲习俗从远古一直延续至今，通过历史传说将地缘关系向血缘关系演进，逐渐体现出其对构建和谐的村落关系、增进人与人之间的感情起到了积极的作用。同时，这一民俗活动具有重要的历史学、民俗学研究价值。

山西省临汾市尧都区的尧庙正月举办的庙会有农民合唱、扭秧歌、传统社火表演、元宵灯会等丰富多彩的文化活动，除此之外，尧庙宫的"康熙祭尧、尧巡华门"大型民俗表演、华表区的"威风锣鼓"表演、华门的东北二人转表演、吴桥杂技表演、海洋馆的花样游泳团献演、观礼区的中国年民俗表演、华门广场的传统戏剧展演、农民拔河比赛、尧庙草原牧场的蒙古风情系列迎春活动等都成为当地春节的亮点。

陕西省蒲城县北面约 25 千米处有一座风景秀丽的尧山。山上有 90 多间庙宇，其中有一座尧山庙，据说在唐宋时每年清明节这里都会举办盛大的尧山庙会祭祀。1623 年，县令王佑奏请将尧山庙胜迹载入祀典。从此，尧山庙香火更盛，祭祀也更隆重，同时，还有十一社的祭祀迎神、送神活动。

相传，尧王创世的时候，洪灾暴发，只有此山浮在水面上，尧就站在上面视察民

戏台

情，故称"浮山"。还有一种说法是尧在外体察民情时，忽遇大雨，因为他曾在此山中避雨，故又名"尧山"。

据传，尧的两个女儿娥皇和女英嫁给舜后，起初相处得很好，后来她们之间起了争执。原因是大女儿娥皇喜欢吃韭菜，小女儿女英喜欢吃山蒜。一天，女英手快，抓住山蒜往尧山一扔，说："这是我的地方。"后来，

尧山遍地长满山蒜，女英一人居此，人们便尊称女英为"尧山圣母"，并为她修建祠堂，永世纪念。

清明前两天，人们会在此举办庙会。等人流增多后，戏台上会先演三出安神大戏。戏目不定，但内容须以"福禄寿"为主。三出安神戏演完后，其余的人才能请戏班演出。这时戏的内容就比较随意了。有时几台戏会

同时演唱，锣鼓喧天，十分热闹。到了晚上，除继续唱戏外，还燃放烟花，一时间，整个夜空呈现出万紫千红、千姿百态的壮丽图景。卖小吃的、卖杂货的，还有卖艺的，遍布四周。

除了上述省份外，浙江省流传着这样一个传说：一位叫握登的妇女，生舜于上虞的姚墟，因而舜就姓"姚"。上虞区西南方有一座以舜的母亲握登命名的握登山，山顶还建有圣母庙。这一带是虞舜传说的集中流传地和遗迹遗址的集中分布区。浙江

济南重华殿

省东部有三座舜王庙，其中绍兴市王坛镇的舜庙最大。王坛镇舜王庙坐落在距绍兴城43千米的小舜江之滨、舜王山之巅。相传"舜王曾巡狩会稽山（即今绍兴、上虞、诸暨、嵊州一带）。因此每年农历九月二十五日（传说中舜的生日）前后，人们自发组织祭祀和巡游活动，流传至今就形成了具有一定规模的王坛舜王庙会。

庙会期间，数以万计的群众从四面八方赶到舜王庙，祭舜、游玩、购物，十分热闹。2013年的王坛舜王庙会举行了由虞舜文化研究会主持的祭舜大典，有祭拜舜帝、诵读祭文、抬舜王巡会等活动。舜王庙戏台上还演出了庙会戏，有《八仙献寿》《跳无常》等，戏台下民间艺人还秀了舞狮绝技，一系列的民间祭舜活动浓墨重彩地展现出浓厚的人文气息和民俗风情。

在河南省濮阳市相传农历正月十八为舜帝的生日、每年的这一天，无论天气如何，路途远近，周边地区的数万群众都聚集在五星乡固堆村的负夏遗址（又名瑕丘），祭典中华人文始祖。负夏的庙会也因此久盛不衰。

尧舜传说对中国社会
文化的影响

尧舜传说对中国社会文化的影响

尧和舜都是禅位让贤的明君，是中国神话传说中的一座高峰，具有中华文化特色。这些流传至今仍被人们不断传诵的内容，使得中华文明经久不息，保持着旺盛的生命力。

尧和舜不仅是中华道德的主要创始人，还是中华文明的重要奠基人。尧舜传说的广泛流传、持久传播深深地影响了中国人的行为习惯、政治理想和社会制度，对中国的文化产生了深远的影响。

一、对中国人行为习惯的影响

尧和舜是中华文明的重要奠基人之一，其治国、治家思想直到今天还对社会起着潜移默化的作用，是中华民族优秀传统道德文化的

| 历山颂 |

根源。

尧舜传说中最为家喻户晓的是舜的故事，在中国广为人知的《二十四孝故事》的第一篇《孝感动天》中记载道："虞舜，瞽叟之子。性至孝。父顽，母嚚，弟象傲。舜耕于历山，有象为之耕，鸟为之耘。其孝感如此。帝尧闻之，事以九男，妻以二女，遂以天下让焉。"

用现代汉语解释就是：唐尧时代，一个叫瞽叟的老人生了一个儿子叫舜，瞽叟非常不讲道理，舜的继母也爱挑拨离间、搬弄是非，舜的弟弟叫象，更是骄纵凶狠，三人多次加害于舜却没能成功。舜虽然在这样的家庭里生活，但是对父母和弟弟没有丝毫怨恨之心，始终孝顺父母，友爱兄弟。后来，

帝尧试舜

舜被赶出家门，在历山脚下耕种。由于舜孝感动天，每当他在地里耕耘的时候，大象和鸟儿都会来帮忙。舜的德行也影响了周边的百姓，人们都愿意与他结邻而居。舜的品行传到了尧的耳中，尧通过观察发现确有其人其事，就派了九位贤人去辅佐舜，并把自己的两个女儿——娥皇、女英嫁给舜做妻子，还将自己的王位禅让给了舜。

孝顺的舜成为中国人的楷模。中国人认为，孝是百德的根本，一个人只有孝顺自己的父母才能成为可交之人，才能成为对国家有用的人。儒家《孝经·开宗明义》曰：

"身体发肤，受之父母，不敢毁伤，孝之始也。立身

| 孝经

行道，扬名于后世，以显父母，孝之终也。夫孝，始于事亲，忠于事君，终于立身。"

由此可见，中华文化中"孝"的观念不只是孝顺父母而已，孝顺父母只是孝道的开始，还要忠心侍奉自己的君主，以立德、立功、立言的基本标准要求自己，并将其转化为自己的行为准则。千百年来，这一思想影响了一代又一代中国人的思想和行为。清代的《围炉夜话》中讲道：

"百善孝为先，万恶淫为源。常存仁孝心，则天下凡不可为者，皆不忍为，所以孝居百行之先……"

"孝"由此成为一种理念与精神，成为人的立身之本，成为社会责任意识的源头，成为中华传统文化的重要组成部分。

二、对中国人政治理想的影响

尧舜时代是中国儒家文化中理想的政治模式，它很自然地使我们想起杜甫"致君尧舜上，再使风俗淳"的诗句。几乎所有文人都把这个时代看作一种理想模式。尧舜时代的政治理念，特别是"禅让"制度构成了尧舜

孔子像

传说的实质内容，从而也成为千古文人投身政治所期待的明君标准。

尧舜时代也是中国神话传说中继黄帝、颛顼和帝喾之后，文化特色尤为突出的时代。在以"禅让"为表征的文化背景下，具有民主色彩的古典理想政治在尧舜传说中得到高度颂扬，对于中华民族文化的形成、培养和发展，有着不同寻常的意义。

特别是在传说中，尧和舜不仅是为天下民众的安康而不辞劳苦的首领，更是令人钦佩的文化英雄，他们制定秩序、进行文化创造，是人们心目中的理想君主。

传说中的舜从卑微的农人变为人臣，最后成为帝王，其身份的一系列转变过程与儒家的"修身、齐家、治国、平天下"的取向基本吻合，适用于一切有志于兼济天下

孔子像

的有为之士。孟子之所以将尧舜推举为君臣之道的典范，是因为儒士们虽欲治国平天下，但并没有成为君王的野心，他们的最高理想是成为圣人，落实到现实生活中不过是为臣罢了，故理所当然以舜为典范。至于尧，则是为现实中的君王设立一个标准而已。

在儒家思想的影响下，尧舜时代的理想政治成为中国社会的正面代表、为明君贤臣之典范。

结语

| 结语 |

尧舜时代是中国人心中的理想政治时代。自先秦至今,尧舜时代的文化精神一直是人们对政治理想重要的向往。特别是"禅让"制度构成了尧舜传说中的实质性内容,同时也成为千古文人投身政治所期待的明君标准,并化作"穷则独善其身,达则兼济天下"的情结。在民间百姓的眼中,尧和舜不仅是贤明的君主,还是横贯人寰的道德和人格理想的典范,"人皆可成尧舜"成为理想社会人人自律、修身养性的崇高境界。

文明史以来各朝代的更迭,是由社会权力的兴衰变化和社会群体暴力激增导致的攻伐及毁灭能量所决定的,并非华夏文明所独有。而有关远古尧舜时代的尚贤世风和禅让传说被视为儒家的政治神话,其以仁义道德的立场,谴责暴力行为,成为诸子和史书一贯秉承的价值观,具有历史建构功能,使得中国式非暴力主义思想与儒墨两家产生极其深厚的

| 中华圣坛塑像 |

渊源。

如今，尧舜传说依然在中华大地上广为流传、经久不衰，保持着旺盛的生机与活力。尧舜传说不仅是华夏之根，也是中华文明演进的重要遗存。尧舜所倡导的以德治国、孝老爱亲、和家睦邻、勤政爱民、奉献社会、家国情怀等道德理念，对于当代社会仍然有着极其重要的现实意义。尧舜文化是中华文化的源头，蕴含着丰富的道德文化基因，闪烁着讲仁爱、重民本、守诚信、崇正义、尚和合、求大同的时代价值观，研究和发掘尧舜文化中包含的"德、孝、公、廉、敬、忠"等道德文化基因已成为践行社会主义核心价值观的迫切要求。

尧舜时代是一个领导者承天之命，通过自身德行的修养，做到任贤使能，得到部族之民认可，最后达到无为而治的时代。唐尧的"以德治国"、虞舜的"孝感天下"与我们当代的社会主义核心价值观一脉相承。想要承续尧舜优秀传统文化，必须把握好四个关键词，即：中庸高位，在哲学层面上高位思考中庸传统思想，结合实际、去粗存精；敬天智慧，即在思想上敬天，在行为上法天，友善万物，尊重自然规律；大公理念，即坚持爱国主义这一时代主旋律，正确处理国家、集体和个人的关系；以德为先，即以德支撑助推民族复兴。

图书在版编目（CIP）数据

尧舜传说 / 张成福著；杨利慧本辑主编. -- 哈尔
滨：黑龙江少年儿童出版社，2020.9（2021.8重印）
（记住乡愁：留给孩子们的中国民俗文化 / 刘魁立
主编. 第六辑，口头传统辑. 二）
ISBN 978-7-5319-6520-6

Ⅰ. ①尧… Ⅱ. ①张… ②杨… Ⅲ. ①民间故事—作
品集—中国 Ⅳ. ①I277.3

中国版本图书馆CIP数据核字(2020)第172721号

记住乡愁——留给孩子们的中国民俗文化　　　　　刘魁立◎主编

第六辑 口头传统辑（二）　　　　　　　　　　　杨利慧◎本辑主编

尧舜传说 YAOSHUN CHUANSHUO　　　　　　　张成福◎著

出版人：商 亮
项目策划：张立新 刘伟波
项目统筹：华 汉
责任编辑：杨 柳 张靖雯
整体设计：文思天纵
责任印制：李 妍 王 刚
出版发行：黑龙江少年儿童出版社
　　　　　（黑龙江省哈尔滨市南岗区宣庆小区8号楼 150090）
网　址：www.1sbook.com.cn
经　销：全国新华书店
印　装：北京一鑫印务有限责任公司
开　本：787 mm×1092 mm 1/16
印　张：5
字　数：50千
书　号：ISBN 978-7-5319-6520-6
版　次：2020年9月第1版
印　次：2021年8月第2次印刷
定　价：35.00元